中国戏剧家协会主编

社会科学文献出版社
SOCIAL SCIENCES ACADEMIC PRESS (CHINA)

中华戏曲

CHINESE OPERA

歌仔戏

吴慧颖 著

中华戏曲·歌仔戏

图二十四　台湾薪传奖获得者、著名歌仔戏艺师廖琼枝2010年在厦门演出《陶侃贤母》

图二十五　1955年台湾拍摄的歌仔戏电影《薛平贵与王宝钏》（左起：许金菊、刘梅英、吴碧玉）（台湾供图）

图二十六　台湾电视歌仔戏天王巨星杨丽花（台湾供图）

图二十七　叶青在《潇湘夜雨》中饰演冷秋湖（台湾供图）

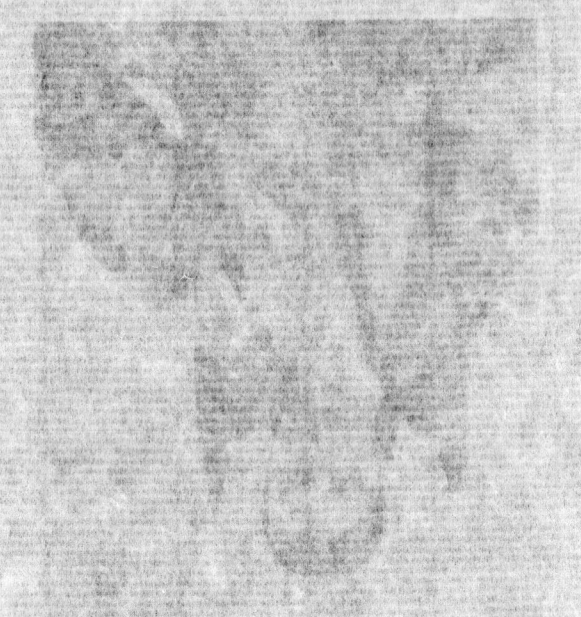

中华戏曲 歌仔戏

图二十八 《三家福》剧照
（姚九婴饰苏义先生）

图二十九 现代戏《碧水赞》剧照
（左为王南荣，右为王厚根）

图三十 龙溪专区戏曲学校第二届师生合影（选自《海峡两岸歌仔戏图片集》）

图三十一 《荷塘蛙声》剧照

中华戏曲 ✿ 歌仔戏

图三十二 1979年龙溪地区创作演出现代戏《双剑春》（图为张丹）

图三十三 漳州市芗剧团演出的现代戏《戏魂》剧照，右三为郑秀琴

图三十四 歌仔戏梅花奖获得者苏燕蓉

图三十五 闽南活跃着众多民间歌仔戏职业剧团，图为文莱大臣刘锦国酬神谢戏（吕实力提供）

图三十八 1995年漳州市芗剧团首次赴台演出海报

中华戏曲 ✿ 歌仔戏

图三十六 1988年台湾歌仔戏演员汉中琴（前排左三）
回大陆看望师妹谢月池（前排左二）

图三十七 台湾一心戏剧团在厦门白鹭洲的演出现场

图四十一 2004年海峡两岸歌仔戏艺术节学术研讨会学者专家合影

图四十二 歌仔戏《邵江海》剧照（郑惠兵饰邵江海，苏燕蓉饰春花）

中华戏曲 · 歌仔戏

图三十九 1995年大陆8位学者首次赴台参加歌仔戏学术研讨会（左起：曾学文、陈松民、陈耕、曾永义（台湾）、陈世雄、沈继生、林庆熙、陈建赐、杨联源）

图四十 1995年“海峡两岸歌仔戏学术研讨会”上，两岸尝试合作创制歌仔戏《李娃传》

【中华戏曲 歌仔戏】

图四十五 2006年厦门市歌仔戏剧团参加在台北举办的“华人歌仔戏创作艺术节”闭幕式合影

图四十六 2008年台湾戏曲学院与厦门艺术学校缔结“姐妹院校”联欢演出

图四十三 2006年台北市长马英九在“华人歌仔戏创作艺术节”开幕式上致辞

图四十四 2006年小剧场歌仔戏《孟姜女哭长城》赴台演出受欢迎

图四十九 两岸合作创作演出的新剧目《蝴蝶之恋》剧照（于烈摄），
左为厦门歌仔戏演员庄海蓉，右为台湾歌仔戏演员唐美云

【中华戏曲 · 歌仔戏】

图四十七 2007年厦大博士生在台湾大学戏曲研究课堂上（右前为曾永义教授）

图四十八 2009年，孙家正等领导与《蝴蝶之恋》演职人员合影

图五十一 新编歌仔戏《邵江海》剧照（右为大广弦，是歌仔戏具有特色的乐器）

图五十二 闽南歌仔戏艺师纪招治，现为国家非物质文化遗产歌仔戏项目传承人

中华戏曲 · 歌仔戏

图五十 2010年8月1日，马英九夫人周美青观看《蝴蝶之恋》演出并与剧组人员合影

中华戏曲 ✿ 歌仔戏

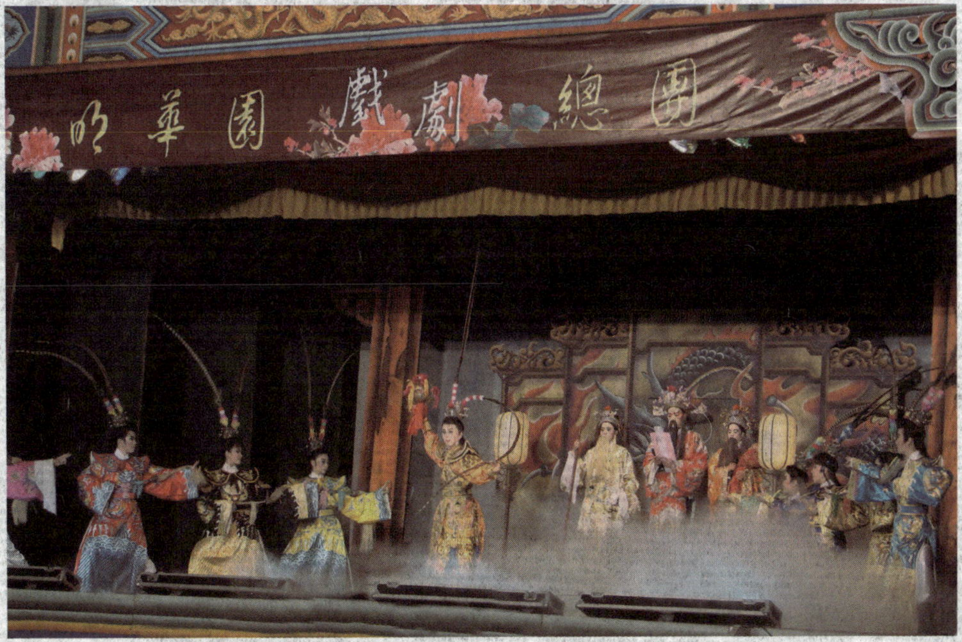

图五十五 明华园戏剧团在台南演出前“扮仙”

图五十三 漳州市芗剧团演出《保婴记》

图五十四 漳州市芗剧团演出《谢启娶妻》（洪镇平饰谢启，郑秀琴饰李妙惠）

四 光复后台湾歌仔戏的变迁

台湾光复后，歌仔戏等民间戏曲复苏，呈现一片蓬勃生机。从一九四九年到一九五六年间，台湾的歌仔戏班据说约有五百团，其中大部分是在戏院内台演出。如大桥戏院、万华戏院、新舞台戏院、淡水戏院、光复戏院、港都戏院等等都是大型的商业剧场。明华园戏剧团的老团长陈明吉回忆说：『光复后歌仔戏恢复演出，民众因睽违已久，甚是怀念。明华园曾应邀到台南府城「龙馆」戏院演出……连演五十二天才下戏。』当时戏班每到一地，都会张贴广告看板，并且安排演员带妆踩街，作为宣传。台湾歌仔戏内台的演出

常有各种炫目的机关布景，吸引观众。一九四九年成立的『拱乐社』是当时内台歌仔戏的佼佼者。陈澄三主持的『拱乐社』从商业剧场出发，聘请专业编剧，精心为剧团和演员量身打造剧目，如《红楼残梦》、《金银天狗》、《钻石夜叉》、《孤儿流浪记》等都很受欢迎。并且在一九五六年成立『拱乐戏剧补习班』，培养年轻的歌仔戏演员。这是台湾历史上第一个歌仔戏剧校。不过到了五十年代，美国和日本的电影开始占领台湾娱乐市场，歌仔戏受到了严重的影响。台湾社会向工商业社会形态转型过程中，娱乐形式的多元和大量西方文化的冲击下，歌仔戏渐渐退出内台，在六十

年代，曾在一年内因经营困难而散班七十七团。

不过台湾歌仔戏随着媒体的变迁，主动求新求变，在几十年间发展出广播歌仔戏、电影歌仔戏和电视歌仔戏等新的类型。

二十世纪上半叶，在广播歌仔戏兴起之前，歌仔戏唱片曾风靡一时。发行歌仔戏唱片的公司有『株式会社日本蓄音器商会』、『古伦美亚唱片公司』、『东洋蓄音器株式会社』、大阪『特许唱片制作所』、『胜利唱片公司』、『日东唱片公司』、『朝日蓄音器株式会社』等。参与录制的歌仔戏艺人有汪思明、温红土、游桂芳、吕秀、纪笑、月中娥、镜梨花等。唱片制造的发达，极

大地推动了歌仔戏的传播和推广，使之快速成为流行文化的主流。歌仔戏唱片录制也对歌仔戏的表演形态产生了一些影响，如念白增加、剧情加长和曲调的多元化等。一九五〇年起，台湾广播电台普及，收听广播成为当时台湾民众最普遍的休闲项目。歌仔戏在此时进入广播媒体，开启了广播歌仔戏的表演型态。广播歌仔戏大约诞生在一九五四年至一九五六年间。最初播放的歌仔戏节目是歌仔戏班在内台演出时的现场录音。但因录音效果不佳，后来电台就自己筹组广播歌仔戏团，进入录音间录制。于是广播歌仔戏剧团纷纷成立，各电台也几乎都有歌仔戏节目。一九五〇

至一九六〇年，台湾涌现出大量的广播剧团，遍及台北、台中、云林、高雄、南投各地。如台北『中华广播电台』、『汪思明广播剧团』等。当时知名歌仔戏艺人，如廖琼枝、王金樱、黑猫云、小来于等，大多曾在广播电台演唱歌仔戏。如著名演员廖琼枝曾经在『中华广播电台』、『中国广播公司』、『台湾省警察广播公司』、『民声广播电台』等电台演唱，同时也在外台戏班演出，以深情委婉的唱腔和精湛表演赢得了观众的喜爱。廖琼枝曾先后在『进音社』、『金山乐社』、『金鹤歌剧团』、『富仔戏班』、『牡丹桂歌剧团』、『新保声歌剧团』『东亚歌剧团』『新琴声歌剧团』『薪

传歌仔戏剧团』等剧团演出，跨越了内台、广播、电视等多种歌仔戏类型，一九八八年获台湾『教育部民族艺术薪传奖』，一九九八年获『国家文艺奖』，数十年致力于歌仔戏薪传工作，在台湾有口皆碑。（图二十四）广播歌仔戏除演唱基本曲调之外，还从流行歌曲中吸收具有起承转合的七言四句型曲式。甚至一些闽南语流行歌曲如【人道】、【母子鸟】、【夜雨打情梅】、【运河悲喜曲】、【三生有幸】、【艋舺曲】等，国语流行歌曲如【相思苦】、【茶山姑娘】、【西厢记】等都成为歌仔戏新的曲调。

电影歌仔戏在台湾电影史上影响深远，占据

重要地位。台湾拍摄的第一部台语片《六才子西厢记》、第一部拍摄成功的台语片《薛平贵与王宝钏》，第一部彩色电影《金壶玉鲤》、第一部三十五厘米彩色电影《刘秀复国》，都是歌仔戏剧团所演出。

吕诉上认为：『在第一部歌仔戏电影拍摄之前，昭和三年（一九二八年）「江云社」歌仔戏班就曾经在歌仔戏演出中穿插播映电影片段，以衔接前后剧情，称之为「连锁剧」，这也是歌仔戏与电影第一次结合。』但是对电影歌仔戏形成有更直接影响的，则是上个世纪三四十年代就开始拍摄的厦语片。早期的厦语片大多取材于闽南

民间故事和戏曲，如《雪梅思君》、《陈三五娘》、《梁山伯与祝英台》、《孟姜女哭倒万里长城》等。在四、五十年代的广告上，厦语电影纷纷以片中具有闽南音乐歌唱相号召，在广告中已赫然出现了『南音』、『锦歌』、『厦语歌剧』等说明字样了。

台湾光复后，由香港摄制的厦语片便开始输入台湾，一九四八年九月，厦语片《破镜重圆》即在台北新世界戏院上映。由于台湾通行闽南话，同样讲闽南方言的厦语片颇受欢迎。台湾第一部歌仔戏电影是一九五五年由邵罗辉导演、都马歌剧团演出的《六才子西厢记》，这也是第一部十六厘米的『台语片』。可是影片品质不佳，画面模糊，

影像和声音搭配不良，只播映三天即下片。『拱乐社』老板陈澄三在参观过《六才子西厢记》的拍片现场之后，邀请曾经在日本学过电影，又有连锁剧经验的何基明导演，投入五十万元，以拱乐社为班底，拍摄三十五厘米的电影《薛平贵与王宝钏》，这是第一部拍摄成功的电影歌仔戏。（图二十五）播映后连演一百五十场，观众反应热烈。『拱乐社』又拍摄《薛平贵与王宝钏》续集、三集，也都卖座良好，自此开启了台语电影的黄金时代。吕诉上《台湾电影戏剧》记载电影歌仔戏艺人出身的演员有戽斗宝贵、朱玉郎、白蓉、洪明雪、洪明秀、刘彩云、小桂红、刘梅英、

吴碧玉及杜慧玉等。

电视歌仔戏兴起于六十年代初期，是继广播歌仔戏、电影歌仔戏之后，最具媒体传播力的歌仔戏类型。作为俗民娱乐的歌仔戏，为了因应强势的电视媒体，延续自身的生存和发展，在舞台、表演和内容等方面都产生很多变化，以大众文化工业的方式完成了传统戏曲新的媒体变异和现代转型。一九六二年『台湾电视公司』制作，由廖琼枝饰白素真、何凤珠饰演小青的连台本戏《雷峰塔》，堪称台湾电视史上第一出歌仔戏。一九六二年至一九七一年间陆续成立的『台湾电视公司』、『中国电视公司』及『中华电

视公司』纷纷制播歌仔戏节目。真正将电视歌仔戏发扬光大的是歌仔戏天王巨星——杨丽花。（图二十六）杨丽花于一九四四年出生在宜兰县员山乡，母亲筱长守是宜兰『宜春园歌剧团』小生。杨丽花自幼在戏班中耳濡目染，学习歌仔戏表演。一九五一年第一次上台与母亲演出《安安赶鸡》即受关注。一九五七年杨丽花加入『宜春园歌剧团』。一九六三年加入『赛金宝歌剧团』。一九六五年加盟『正声天马歌剧团』，主唱广播歌仔戏《薛丁山》，由于音色优美，音质淳厚，成为广播歌仔戏的名小生。一九六六年台视应中南部观众的要求，将每周四中午的『时代之歌』

节目改播歌仔戏。『联通广播歌仔戏』推出由曹耿星制作，陈青海、石文户编剧，陈聪明策划，杨丽花、小凤仙、翠娥、吴梅芳等担任演出的《精忠报国》，获得播出权。从此杨丽花开始了电视歌仔戏生涯，演出剧目不计其数，以俊美的扮相和优异的唱做而走红数十年。此外，电视歌仔戏著名的演员还有叶青（图二十七）、柳青、小明明、黄香莲、李如麟、王金樱、许亚芬、许秀年等。出现了一批电视歌仔戏的编剧，其中最出名的是狄珊，她对电视歌仔戏的数次改良影响深远，尤其以武侠风格引领新风潮。如《莲花铁三郎》、《青山绿水情》、《侠骨英雄传》等都获得很大的成功。

随着民众娱乐的多元化和电视节目的丰富，从八十年代开始，各家电视公司制作的电视歌仔戏节目总量呈现逐年减少趋势。一九九八年以后，各家电视台很少再重新制作较为传统的歌仔戏新戏。九十年代一些电视台制作综艺化的歌仔戏节目，如『八大综艺台』所制作的『笑魁歌仔戏』，以及『三立综艺台』制作的『庙口歌仔戏』等，以诙谐取闹的风格为主，和传统歌仔戏差异较大，但其风格也影响了传统剧场的某些表演，特别在一些即兴诙谐的段落。

在商业大潮冲击下，以及多元文化休闲形态的出现，歌仔戏等传统艺术面临种种危机。比如

观众流失，戏班演员青黄不继，演出质量鱼龙混杂等。在电视歌仔戏的热潮消退之后，歌仔戏又归于沉寂，戏班挣扎于庙会野台的酬神祭礼。

二十世纪七十年代，台湾的国际地位每况愈下。一九七一年台湾当局退出联合国，一九七八年美国与台湾断交等外交挫败，对台湾岛内影响甚大，刺激了知识分子对政治环境和社会文化的全面反思。同时大批海外留学生回国工作，重新检视传统艺术和本土文化。经历了乡土文学运动，台湾的主体意识抬头，回归『乡土』的潮流出现，歌仔戏作为台湾本土诞生的剧种，被赋予了更多的文化象征意涵。从一九七〇年代以来，台湾一

批民族音乐学者如许常惠、张弦文等带动的民俗艺术研究，吸引许多知识分子投入研究和学习，为日渐没落的歌仔戏带来了新的生机。歌仔戏日益得到各方的资源与扶持。八十年代开始，台湾的『文建会』、『教育部』、『传艺中心』等纷纷透过委托或专案的方式，对歌仔戏的历史发展、环境生态、艺术内涵、文献资料等，进行调查、整理、出版和推广工作。一九八一年台湾教育主管部门委托学术单位对民间传统技艺进行全面调查。一九八二年台湾省教育厅主持出版『台湾民间艺人专辑』，一九九五年『文建会』的『歌仔戏剧本整理计划报告书』，以及由曾永义教授

和邱坤良教授主持的高雄和宜兰技艺园的规划等，都对歌仔戏的保护与发展颇有助益。一九八二年台湾通过了《文化资产保存法》，明列包括歌仔戏在内的民族艺术保存条目。台湾『教育部』设立『民族艺术薪传奖』，鼓励对传统艺术传承做出贡献的资深艺师。一九九〇年台湾『文建会』设置『演艺团队发展扶植计划』。一九九二年通过『文化艺术奖助条例』。一九九二年宜兰县政府成立了台湾第一个本土戏曲的公营剧团『兰阳歌剧团』。一九九五年『国艺会』由政府拨款成立，同时也鼓励民间投入艺术奖助。此后，『文建会』（今『文化部』）的扶植团队计划和『国艺会』

的补助制度，让不少优秀的歌仔戏剧团获益成长，也鼓励了新剧目的创作演出。一九九六年台湾传统艺术中心筹备处成立，不仅提供了歌仔戏剧团寻求支持的又一管道，而且在歌仔戏文化资产的保存、记录和研究方面起了重要作用。一九九七年台湾通过了《艺术教育法》，一九九八年台湾『教育部』的《国民教育阶段九年一贯课程总纲纲要》将表演艺术、音乐与视觉艺术纳入『艺术与人文』学习领域之规范。艺术教育提供了年轻人接触和了解歌仔戏、布袋戏等传统艺术的途径。并且各县市通过如《台北市政府教育局补助国民中小学推展传统艺术教育实施计划》等，扶持中小学歌仔戏社团，目前如台北市的永乐国小、西湖国小、景兴国小和金华国中等都有歌仔戏社团。在学界的支持下，歌仔戏进入大中小学校巡回演出，不少大专院校，如台大、师大、政大、高师大等自发成立歌仔戏社，这群出身大学的歌仔戏票友，从二〇〇三年开始陆续成立业余剧团创作演出，如春风歌剧团等，成为歌仔戏的新兴力量。除了官方的支持，民间还有许多关心台湾民俗艺术的团体，如中华民俗艺术基金会、施合郑民俗文化基金会、新港文教基金会、台湾歌仔戏学会等。在学者积极倡导和官方、民间力量的推动下，歌仔戏在台湾成为显学，许多高校的研究生、博士

生以歌仔戏为研究课题做学位论文，学者的研究案中也不乏以歌仔戏为研究对象，涉及的专业包括戏曲学、人类学、音乐学和社会学等诸多学科。各种歌仔戏的传习活动、讲座与推广演出陆续在社区和学校开展。

一些歌仔戏表演团体在学界的推动下也开始思考如何改良创新。一九八一年电视歌仔戏明星杨丽花应『新象国际艺术节』之邀，在『国父纪念馆』演出《渔娘》，使得台湾的歌仔戏开始迈入现代剧场。其后陆续有明华园戏剧团、新和兴歌仔剧团等陆续进入现代剧场演出。一九九一年由刘钟元领导的河洛歌子戏团，接连推出移植自

福建戏曲剧本的《曲判记》和《天鹅宴》，进入『国家剧院』演出，造成轰动。后来该团尝试本土作家和本土题材的新创作，如《台湾，我的母亲》、《彼岸花》、《菜刀柴刀剃头刀》等，二〇〇八年推出由王金樱、石惠君和小咪主演的《风起云涌郑成功》。河洛歌子戏团重视剧场呈现的整体效果，特别重视文本的思想内涵、人物塑造和音乐设计，加上演员表演精湛，很受欢迎。在河洛歌仔剧团出名的唐美云，离开河洛后创立唐美云歌仔戏剧团，与许秀年合作，先后推出了《梨园天神》（改编自《歌剧魅影》）、《龙凤情缘》等剧目。

歌仔戏是台湾唯一本土戏曲剧种，在台湾受

各界的瞩目程度不言而喻。台湾现存戏曲剧种中，以歌仔戏与布袋戏在民间最为活跃，剧团数目也最多，演出最为频繁，且呈现异彩纷呈的多元发展态势。既有专注于现代剧场的精致歌仔戏，也有庙会野台传统的『古册戏』、活泼的『胡撇子戏』，还有古朴的『宜兰老歌仔』等。此外电视歌仔戏尽管式微，但仍有一定的影响力。在表演风格上，有讲究『脚步手路』细腻作表和淳朴唱腔的传统演绎；也有积极运用现代声光电等技术手段，打造炫目效果的大型户外表演；还有先锋前卫的实验歌仔戏以及跨界、跨文化的探索等等，例如歌仔戏剧团与交响乐团跨界合作的《蝶谷残

梦》、国乐团与廖琼枝艺师合作的《冻水牡丹》等。并且台湾一些歌仔戏剧团登上了国际戏剧舞台，如明华园积极拓展海外市场，曾赴日本、法国巴黎和东南亚国家演出。歌仔戏成为重要的台湾文化意象。

五彩缤纷的台湾歌仔戏展现出台湾庶民文化旺盛的生命活力，也体现了中西交汇、多元文化的碰撞与交融，同时也是中华戏曲等传统表演艺术在现代社会积极寻求生存与发展空间的一个缩影。

五　五十年代以后闽南歌仔戏的发展

在福建闽南，一九四九年之后，歌仔戏历经了『戏改』的洗礼，从其他剧种吸收借鉴，丰富

表现手段，却又曾在『文革』中风雨飘零。『文革』结束后经历短暂的繁荣复苏，歌仔戏开始面临在现代社会的各种危机，传承与创新成为新的发展主题。

『戏曲改革』在中国戏曲现代化进程中是一场深入肌理的空前大变革。对于一九四九年之后的闽南歌仔戏的发展影响极为深远。

战争结束后，新中国成立之初，百废待兴，民间戏曲遭逢生存危机，是戏改直接的动因。大量的戏曲艺人失业或转业，戏班生存困难，出现诸多问题。人民生活困苦，娱乐业冷冷清清。不少戏班无戏可演，纷纷解散。一些实力较强的戏班，

像闽南的『霓光班』、『福金春』、『艳芳春』、『笋仔班』、『新春班』等，虽然存留下来，但也是处境艰难，时演时停，戏班入不敷出。一九五一年歌仔戏班『霓光班』到漳州演出，与漳州的子弟戏班『新春班』合并，成立漳州实验芗剧团。原漳州『笋仔班』、『艳芳春』班一九五一年到厦门演出时合并组成群声剧团。一九五九年群声剧团与『福金春』戏班合并，共同组成了厦门市芗剧团，即今天厦门市歌仔戏剧团的前身。

一九五一年五月五月，政务院发布《关于戏曲改革工作的指示》，提出『百花齐放，推陈出新』方针，要求在『改戏、改人、改制』的政策推动下，

进行戏曲改革运功。一九五二年十月，福建省人民政府文化事业管理局发布了《关于当前戏曲改革工作的指示》（初稿）。一九五三年一月十六日，福建省戏曲改进委员会正式成立。也就在这一时期，在福建的歌仔戏被命名为『芗剧』，据说是因为主要流传于漳州芗江一带。

闽南『戏改』大致可分三个阶段。第一阶段从一九四九年九月福州解放到一九五二年十月第一次福建省戏曲观摩演出大会。这期间主要进行了如下工作：一是对戏班和艺人进行教育，省里和各地都举办了多期的戏曲研究班，组织学习。二是对全省的戏曲状况进行初步的调查，了解情

况。三是对一些戏班进行改制，从班主制改为共和制。四是翻编、上演来自解放区的新戏，发动艺人参加各项运动等。第二个阶段从一九五二年底到一九五四年，全省戏曲改革工作座谈会和福建省首届地方戏曲观摩演出全面总结了三年来戏改工作的经验和问题，此后，针对存在问题出台了若干具体政策，以福建省文化事业管理局为主导的各级文化机关开始全面、有步骤、有组织的戏改工作。第三阶段从一九五四年至一九五七年，是戏改的深入和政策的制度化，并且初见成效。比如涌现了像《三家福》这样优秀的剧目。这一时期，闽南戏曲参加全省、全国的会演、调演等，

并且屡次获奖，得到了全国戏曲专家的好评。培养新型的戏曲艺术工作者也是这一时期戏改工作的一个新动向。

『戏改』的内容即『改戏、改制、改人』。

所谓『改戏』，主要包括剧目审定、挖掘整理传统剧目和编演现代戏三个方面。福建的歌仔戏在这一时期有两个剧目很值得关注，一个是传统剧目《三家福》的整理，一个是现代戏《碧水赞》。《三家福》出自佛教劝善书，原为布袋木偶戏传统剧目，台湾歌仔戏曾改编演出。新中国成立后，颜梓和、王游治、黄海瑞、朱萸据台湾籍老艺人张招治、颜招治口述，整理为芗剧。该

剧讲述船工施泮之妻告贷无门，于除夕黄昏投水自杀，塾师苏义救之，托词施泮寄来家信与安家银，将自己一年束修慨然赠送。苏义回家柴米俱无，与妻孙氏饥饿难忍，无奈于夜间去偷挖番薯。途经土地庙，向『土地公』表述苦衷，恰被守园孩童林吉听到。林十分同情，暗中帮苏挖自家地里的番薯。大年初一，正当苏义夫妇把番薯当猪蹄，薯汤作美酒之时，林吉偕母送来年礼；施妻也来向苏拜年并取家书，适逢施泮回乡，三家方知彼此相助情谊。这是一个表现闽南人守望互助的故事。其中精彩的表演和脍炙人口的唱段，令人难忘，使之成为闽南歌仔戏的经典保留剧目。一九五四

年由漳州和厦门两地艺人共同组成芗剧代表队参加福建省第二届戏曲观摩会演和华东区戏曲观摩演出大会。芗剧《三家福》（图二十八）获得剧本一等奖和二等奖，饰演苏义的丑角演员姚九婴先后获演员一、二等奖，苦旦纪招治分别获得演员二、三等奖。在这一时期较为成功的传统剧目整理还有《火烧楼》、《李妙惠》、《李三娘》、《秦香莲》、《山伯英台》、《白蛇传》、《吕蒙正》、《安安寻母》、《杂货记》等。另外一个重要剧目是一九六三年根据发生在龙海县堵江引水抗灾的真实事迹改编的《碧水赞》。（图二十九）这个由汤印光、陈志亮、吴毅、陈曙、芗人和庄火

明共同编剧，表现当代农村新风貌的现代戏，展现了在洪水面前『舍小家保集体』的先进事迹和时代精神。该剧一九六五年参加华东区现代戏观摩会演，获得好评。剧本由上海文化出版社出版，并由文化部艺术局向全国印发推荐。后来福建省话剧团根据《碧水赞》编成话剧《龙江颂》，获得文化局『一九六三年以来优秀话剧创作奖』。此后还被改为京剧样板戏《龙江颂》。

『改制』有几个方面：一是戏班体制经历了『班主制→共和制→私营公助→完全公办』的所有制改革；二是艺术生产制度由幕表制向编导中心、定本制的改革。此外还有剧场体制的改革等。

公办的专业剧团是一九四九年后福建民间戏曲发展的主流，『戏改』的各项改革措施主要也在这些公办剧团进行。与此同时，还有不少的业余剧团活跃在城乡。

『戏改』的核心是『改人』。它包含了三方面的内容：一是从思想上改造从旧社会过来的老艺人；二是派领导干部和一批新文艺工作者参加到戏曲队伍，改变旧戏班完全由艺人组成的结构，领导和组织改戏、改制和改人的工作；三是建立艺校，培养艺德好、有文化、基本功扎实的新时代的演艺人员，从根本上改变戏曲队伍的成分，以更好地保存传统、推陈出新。各地市纷纷

设立艺术训练班，同时还办起了戏曲专科学校。一九五七年六月在鼓浪屿日光岩下成立了厦门市戏曲演员训练班，培养歌仔戏演员。一九五八年训练班转入厦门市艺术学校戏曲科，负责人为罗时芳，专职教师有赛月金、郑德裕、董亚能、叶桂莲等。一九五八年三月成立的漳州艺术学校，校长阮位东聘请老艺人邵江海、宋占美、林文祥等任教，设有芗剧表演、芗剧音乐和编剧等科。（图三十）

从一九六四年开始，闽南歌仔戏学习、改编和移植样板戏，同时在音乐唱腔、舞台美术、编剧和表演等方面皆受其影响。从一九六五年开始，闽南文艺界受到极左政治的严重侵袭，大批演员

从剧团中精简出去。一九六六年，『文化大革命』席卷全国，闽南戏曲文化受到严重破坏。『破四旧』、『打倒封资修』、『打倒牛鬼蛇神』，传统文化受到严重创伤。一大批文化主管部门领导和戏曲工作者遭受打击和迫害。地方戏曲剧团纷纷取消。直到文革将近结束，一九七五年邓小平主持整顿工作后才逐渐恢复。

一九七五年漳州市芗剧团重建。厦门市文宣队的芗剧队也增加了人员。一九七七年厦门、南安、漳浦、华安和长泰恢复芗剧团。一九七九年龙溪地区、同安、龙海、南靖的芗剧团恢复。

一九七六年福建省艺术学校复办，厦门开办了芗

剧班。一九七七年龙溪地区也开设芗剧班。闽南歌仔戏又迎来了蓬勃发展的春天。从一九七七年起，大量传统戏如《三家福》、《火烧楼》、《山伯英台》等上演，戏院场场爆满。新创作的《双剑春》、《郑成功》、《邻里之间》、《沉船》、《情海歌魂》等剧目不断出现。其中现代戏《双剑春》还在一九七九年赴京参加国庆三十周年献礼演出并获奖。从一九八三年开始的《中国戏曲志·福建卷》的编撰，带动了大批研究人员和艺人的积极参与，广泛开展调查，挖掘出许多珍贵的资料。并且在此基础上，厦门市台湾艺术研究所于一九九七年出版了『歌仔戏研究系列丛书』五本，

对剧种历史、音乐、史料、艺人传记等全面梳理。其中的《歌仔戏史》是第一部完整的、跨越海峡两岸的歌仔戏剧种史。从八十年代开始，闽南的歌仔戏涌现出一系列具有鲜明特色和较高艺术水平的剧作，在全省和全国的各类比赛中屡获殊荣。如《结冤·解怨》、《肃杀木棉庵》、《煎石记》、《荐孝奇冤》、《丝帕姻缘》、《戏魂》、《疯女恋》、《情海歌魂》、《侨乡轶事》、《豆棚古话》、《羯鼓汉箫》、《保婴记》、《母子桥》、《邵江海》、《西施与伍员》、《荷塘梦》（后改为《荷塘蛙声》）（图三十一）、《王翠翘》、《蝴蝶之恋》、《黄道周》等。歌仔戏在剧本、音乐、舞台美术和表演等方

面都涌现出一大批优秀人才。一批歌仔戏剧目获得了文华奖、『五个一』工程奖、中国戏剧节优秀剧目奖、曹禺剧本奖等各种奖项。闽南歌仔戏几十年来涌现出许多优秀的剧作家，如邵江海、陈开曦、陈大禹、陈志亮、庄火明、汤印昌、杨鹭滨、方朝晖、姚溪山、杨联源、曾学文、李建忠、王文胜等，舞台设计黄永碤等，音乐作曲如林镜泉、罗时芳、陈彬、江松明等，导演如颜梓和、黄卿伟、吴兹明、郭志贤等。歌仔戏剧本的文学性与思想性、艺术性的加强，以及导演、舞美、音乐设计等的参与，为源自乡野踏谣、曾活跃于商业剧场的歌仔戏，拓展了现代表现力。几十年间闽南歌仔戏

舞台上也出现了许多优秀演员。如赛月金、月中娥、李少楼、王银河、林文祥、宋占美、姚九婴、纪招治、陈金木、谢月池、陈秀琴、林清泉、叶振东、叶桂莲、陈玛玲、李秀珍等，从艺校培养起来的名演员张丹（图三十二）、何亚禄、张亚英、郑秀琴、韩天嵩、洪彩莲、钱天真、洪镇平、陈葆宝等，至今仍活跃于舞台上的王志斌、庄必芳、陈志明、郑娅玲、杨月霞、庄海蓉、苏燕蓉、郑惠兵、曾振东、曾宝珠、许海滨、戴越兴等。一九九二年漳州市芗剧团的郑秀琴凭借在现代戏《戏魂》中的精彩演绎，获得了第二届文华奖『文华表演奖』，成为首位得到文华表演奖的歌仔戏

演员。（图三十三）二〇〇八年，厦门市歌仔戏剧团的年轻演员苏燕蓉成为歌仔戏第一个梅花奖获得者。（图三十四）

改革开放以来，现代化的进程改变了传统的乡土社会形态，电视、网络等多元文化娱乐的出现也让歌仔戏的当代处境日益窘迫。特别是近二十年来，在福建闽南的城市剧院中，除了一些会演、比赛和节庆活动等，已较少有歌仔戏的演出。歌仔戏在都市中的生存空间日益狭小。不过民间的歌仔戏演出活动倒还热络，并且形成了一定的市场规模。这不能不归功闽南地区繁复的民间信仰和习俗。二〇〇五年福建省民间戏曲学会

的调查表明，除了公办的专业剧团，如厦门市歌仔戏剧团和漳州市芗剧团等，厦门和漳州地区的歌仔戏民间职业剧团有一百个左右，年均演出场次约为二百五十场。（图三十五）二〇〇七年的统计，在人口只有三十七万的泉州市泉港区，民间职业芗剧团就有十六个。目前福建歌仔戏的戏金每场从二、三千元到上万元不等。然而庙会野台参差不齐的演出水准，则令人忧心。而且，不论是乡村还是都市，观众的流失，尤其是年轻观众的缺失，成为摆在歌仔戏从业者面前严峻的问题。二〇〇六年，歌仔戏被列入中国首批国家非物质文化遗产名录。厦门和漳州相继成立了歌仔

戏的研习中心。然而，如何保护，如何传承，如何创新，如何因应现代社会的发展，不论在台湾还是大陆，歌仔戏共同面临着严峻的考验。

六　八十年代以来两岸歌仔戏的交流

一晃眼，几十年过去了，青丝变为白发，隔海相望的期盼，让一湾浅浅的海峡酿成一坛思念的苦酒。分隔两地唱歌仔戏、听歌仔戏的人们，在沧桑变迁中，依旧记着念着那穿行于海天之间悠远纯朴的歌声。

八十年代，海峡春暖，坚冰乍融。重逢，熟悉又陌生。同根同源的歌仔戏成为两岸沟通情感的桥梁，更日益成为两岸民众共同努力培育的艺

术之花。

二十世纪八十年代，台海乍暖还寒。隐秘的交流在海峡间悄悄萌生。一些福建闽南沿海的民众，透过收听、收看台湾的广播和电视，惊喜地听到了台湾的歌仔戏，电视歌仔戏明星杨丽花、叶青等给许多闽南民众留下了深刻印象。八十年代中期来厦的台湾同胞偷偷地将大陆戏曲录像带带回了台湾，如厦门市歌仔戏剧团的《恶婆婆》、《状元与乞丐》、《杀猪状元》等盗版的录像带成为台湾民众的抢手货。在新加坡等第三地，通过友人和戏迷的牵线搭桥，两岸艺人开始有了零星的接触，比如一九八八年漳州市芗剧团赴新加

坡演出时，透过台湾戏迷的联络，漳州的汉中池（即谢月池）与台湾的哥哥汉中春、师姐汉中琴等终于取得了联系。一九八九年初，汉中琴回大陆探亲与师妹重逢。（图三十六）

八十年代末、九十年代初，涌动的潜流终于喷薄而出。学界成为两岸艺术交流的先锋，歌仔戏率先破冰起航。一九八六年十二月，文化部批准成立厦门市台湾艺术研究室。一九九三年改为『厦门市台湾艺术研究所』。创立之初，扩大两岸文化艺术交流就成为工作的重要内容。一九八九年三月，厦门市台湾艺术研究室与福建省艺术研究所共同举办『首届台湾艺术研讨会』。台湾著名

音乐家、学者许常惠先生和台北师大音乐研究所所长陈茂萱教授等到会，介绍有关台湾音乐情况和歌仔戏发展现状，并赠送相关研究资料。台湾著名作家、戏剧研究者施叔青女士寄来论文《台湾歌仔戏初探》。这是闽台艺术界学者第一次学术上的接触，被媒体誉为『两岸艺术界零的突破。』

一九八九年三月曾是『新台北歌剧团』负责人的廖文钦协同台湾歌仔戏乐师钟见兴到漳州，透过漳州市戏剧家协会的帮助，与汉中池合作成立了『闽台同心社歌仔戏剧团』，招收二十多名学员培训、演出。

一九八九年六月，台湾歌仔戏研究者陈健铭

以公务员身份率先冲破『探亲』限制，到厦门、漳州等地进行为期半个月的寻根交流。

一九八九年十月，台湾著名学者曾永义先生率团来访，并赠送厦门市台湾艺术研究室《高雄市民俗技艺园规划报告》一书，提供台湾在传统艺术保护方面的经验和最新理念。

一九九〇年二月，厦门市台湾艺术研究室举办的『闽台地方戏曲研讨会』在鼓浪屿音乐厅举行。台湾学者邱坤良、王振义、刘南芳、刘还月、林勃仲等十二人和廖琼枝、潘玉娇两位资深艺师参加了研讨和交流演出活动。大陆方面有著名音乐家周畅、王耀华、杨炳维、袁荣昌及几位戏剧家。

时隔四十一年，两岸歌仔戏艺人再度同台。当熟悉的【七字调】唱起，原本的隔阂与陌生顿时消失了，似曾相识的亲切油然而生。这次研讨会在两岸引起强烈的反响。随后，台湾著名电视歌仔戏演员叶青等一批演员和学者纷纷渡海来闽南寻根。

台湾的一些表演团体也不甘落后，努力冲破政策的限制。一九九〇年，北京亚运会期间，台湾著名歌仔戏剧团『明华园』率先赴大陆演出《济公活佛》。一九九三年台湾『一心歌仔戏剧团』应邀参加『九三年海峡（闽台）戏剧节暨福建省第十九届戏剧会演』，演出《戏看生死关》。

一九九二年二月，台湾歌仔戏学会会长张弦文、秘书长王振义等一行四人来厦，和厦门市台湾艺术研究室、厦门市歌仔戏剧团、厦门艺校的同仁座谈，探讨两岸歌仔戏唱腔和表演的异同。一九九三年八月，台湾电影歌仔戏的著名作曲曾仲影来厦。一九九四年二、三月，在厦门市台湾艺术研究所的协助下，台湾主持人谢佳勋女士与摄制组，前来厦门、漳州，拍摄两岸歌仔戏的流传。

在热络的寻根互访中，双方互相进行史料的补充印证，努力消弭几十年隔绝造成的一些歧见与误会，澄清争论，也在不断的接触中，逐渐了解彼此民间艺术的新发展和艺术生态，比较艺术

风貌的异同，尝试互相取长补短，共谋未来发展道路。在密切的交流探讨中，渊源于闽南，诞生于台湾，由两岸共同哺育的歌仔戏成为两岸民间艺术交流的焦点。（图三十七）

一九九五年二月，由厦门中华文化联谊会主办，厦门市台湾艺术研究所协办『歌仔戏艺术研讨会』。台湾学者刘南芳与会。

一九九五年六月六日福建省漳州市芗剧团赴台演出。台湾《民生报》写道：『相隔四十余年，第一支大陆歌仔戏带着「同源同曲」心情抵台，来自福建的漳州歌仔戏团主要演员昨日率先亮相，开口唱出的【七字调】、【都马调】与台湾的歌

仔戏几乎是一模一样，令很多人吃惊不已。团员个个一口标准闽南话，真是不亲不行。』漳州市芗剧团巡回台北、高雄、台南、彰化等十个城市。为期五十天的文化交流演出，受到台湾同胞的热烈欢迎和盛情款待。剧团在台演出了《罗衫奇案》、《吕蒙正》、《包公三勘蝴蝶梦》等传统剧目和《五女拜寿》、《三请樊梨花》、《桃李梅》等新编或改编剧目，台湾媒体争相报道演出盛况。期间漳州市芗剧团与兰阳歌剧团联袂演出了邵江海的力作《谢启娶妻》。台湾观众纷纷赶到宜兰的文化中心广场，观看隔绝四十六年后两岸歌仔戏剧团在台湾的首度同台演出。《民生报》这样写道：『两岸的【七

字调】、【都马调】唱出百年来两岸歌仔戏相互影响、交织发展的历史，也在惊喜、热烈的掌声中留给观众无穷的回味』。（图三十八）

一九九五年十月『海峡两岸歌仔戏学术研讨会』在台北举行。大陆学者陈世雄、陈耕、曾学文等八人赴台交流。（图三十九）会场高悬一幅醒目对联：『同根同源论谈乡土剧，共生共荣开启艺术花』。研讨主题包括歌仔戏的形成变迁与流播、薪传教育、音乐特色、文化生态，以及剧本比较、经营策略、社会功能等。会议邀集学者和演员、导演以及剧团负责人参加，集思广益，盛况空前。为配合研讨会举办的『两岸歌仔戏联

合实验剧展』，排演了台湾刘南芳小姐编剧的《李娃传》，邀请漳州芗剧团作曲陈彬、厦门歌仔戏团的资深导演黄卿伟与颜梓和以及舞美设计师黄永碘（担任服装设计）参与。（图四十）这是两岸首次尝试合作创制一部歌仔戏作品，意义深远。会上两岸学者还达成共识：每两年定期举行一次两岸研讨会，地点轮流在台湾和大陆进行。

一九九七年五月，在厦门，由福建省闽台文化交流中心、厦门中华文化联谊会、漳州市歌仔戏艺术中心和台北市现代戏曲文教协会联合主办，厦门市台湾艺术研究所承办『海峡两岸歌仔戏创作研讨会』。台湾学者专家曾永义、蔡欣欣、石

文户、侯寿峰等十余人参加。会议气氛融洽、讨论热烈。厦门市台湾艺术研究所在多年研究基础上出版的『歌仔戏丛书』一套五本，在会上引起极大关注。厦门大学陈世雄教授还提出倡议：『将歌仔戏研究发展为一门完整的学科。』台湾电视歌仔戏明星黄香莲及其戏班演职人员二十多人与会，与来自厦门、漳州的歌仔戏剧团在厦门人民剧场同台演出。

一九九八年十月在新加坡举办的歌仔戏学术研讨会，关注三地歌仔戏的艺术生态和发展，探究歌仔戏在东南亚华侨华裔聚居地的传播和变迁。

二〇〇一年，『百年歌仔—二〇〇一年海峡

两岸歌仔戏发展交流研讨会』在台北、宜兰、漳州和厦门两岸四地延伸举办。两岸学者近百名、演员近五百人参与。历时近二十天的会期，包括学术研讨会、戏剧交流演出、主题座谈会和参观观摩等多种活动类型，带动两岸社会各界的广泛关注。研讨内容以剧场变迁、剧目作品和音乐唱腔为主题，试图通过对百年来两岸歌仔戏历史经验的总结，探索开发歌仔戏在新世纪的发展。从二〇〇四年到二〇一二年，历届海峡两岸民间艺术节，歌仔戏依旧是两岸专家学者的重要共同话题。研讨领域越来越多，内涵越来越丰富。关注焦点从早期接续彼此源流脉络，进而侧重发展现

状，从历史研究到艺术本体研究，结合保护传承，研析未来发展。

二〇〇四年八月二十六日至九月一日，首届『海峡两岸歌仔戏艺术节』在厦门召开。以『歌仔戏在现代社会的生存与发展』为主题，举办学术研讨。（图四十一）并邀请两岸八台大型剧目、五台大陆民间职业剧团剧目和两岸名家演出。同时首度举办海峡两岸歌仔戏青年演员比赛、海峡两岸歌仔戏图片展。来自海峡两岸的九百多人聚集厦门，共襄盛举，为歌仔戏的弘扬与传承携手共进。文化部孙家正部长莅临开幕式，观看厦门市歌仔戏剧团《邵江海》的演出，给予高度评价。

此次艺术节也是台湾艺文团队突破政策界限，首次由金门小三通直航厦门。《邵江海》讲述了抗战期间歌仔戏一代宗师邵江海在艰困中执着艺术、顽强抗争，创作出新曲调【杂碎调】传唱两岸的感人故事。（图四十二）该剧赢得了观众和学界的广泛好评。台湾著名学者曾永义教授和蔡欣欣教授观后感慨万千：『我们师徒二人投身歌仔戏的领域，从学术研究到田野调查，从策划活动到制作演出，总加起来也有数十年光景，观赏过两岸不少的歌仔戏演出。而无论作为戏曲专业或是戏迷观众而言，新颖的表演样式，立体的人物塑像，悠扬的音乐曲韵，古朴的舞美景观，浓郁的风土

情怀等，由厦门市歌仔戏团演出的《邵江海》都让我们感受到前所未有的艺术魅力，那是集传统与现代于一身、熔乡土与都会于一炉、聚闽南与台湾于一体的歌仔戏神韵，是歌仔戏发展史上具有里程碑意义的华美乐章。』二〇〇六年《邵江海》到台湾演出，受到了热烈的欢迎，剧中一段精彩的水袖表演就赢得了剧场观众的五次掌声。

二〇〇六年，由台北举办的『华人歌仔戏创作艺术节』，邀约台北、厦门、新加坡三地歌仔戏剧目创作，在比较观摩中开启歌仔戏交流的新阶段。开幕式上，时任台北市长马英九亲自为艺术节开锣。（图四十三）二〇〇六年的『华文歌

仔戏创作艺术节』是一次有益的尝试。在这次艺术节确定了『精粹传统、戏弄经典、当代创新、城市对望』的理念。以歌仔戏流播地域中，三个国际级的现代化城市：台北、厦门和新加坡作为『城市对望』的交流对象，一并观察歌仔戏『在这新旧交杂、中西文化并陈的各大都会中，如何从调适与蜕变中寻求新路，发展出熔铸当代思想意蕴以及都市人文景观的创作美学，以契合时代社会的脉动，成为涵养心灵的桃花源；且开发年轻的观众族群，让歌仔戏得以回归生态，重新进驻生活，跻身世界舞台，替华人发声。』（蔡欣欣语）为此，由三地甄选或邀请的歌仔戏演出团

队，针对共同议题，各自制作剧目。大戏『古戏新诠』，重新解读歌仔戏的经典剧目，通过主题意涵、表演艺术和舞台形式等的推陈出新，精粹传统，让老戏变身，『呈现歌仔戏经典现代化的人文新风姿』。实验小戏则以『一桌二椅』作为规定场景，立足当代创新的探索。（图四十四）现代戏的创作不仅关注题材、妆扮、旨趣、表演程式和舞美，还寻觅歌仔戏这个年轻剧种的颠覆与创新能力。在学者的周延规划与积极推动下，这三大方向是歌仔戏因应当代社会的积极探索，预示着未来的发展道路。（图四十五）

民间艺术的代代相传，仰赖艺术教育的持续

开展。两岸交流为歌仔戏的教育传承提供了新的发展契机，彼此借镜发展经验，互相取长补短，在薪火相传中，增进情感交融，共同推进传统艺术的发展。

大陆的民间艺术职业教育开展较早，在五十年代即开设了公办的戏曲演员训练班，其后在漳州和厦门都成立了艺术学校，培养歌仔戏专业人才，几十年来为各专业剧团输送了一大批优秀表演人才。

一九九〇年『闽台地方戏曲研讨会』上，台湾艺术家获悉厦门、漳州早已成立艺术学校，培养歌仔戏、高甲戏等地方戏曲人才，同时福建艺

校也在各地设立各种戏曲班。返台后，曾永义、廖琼枝等学者和艺师积极奔走，呼吁台湾当局尽快设立戏曲学校，培养歌仔戏演员。一九九四年在民间的强烈要求下，复兴剧校成立六年制的歌仔戏科，结束了台湾无官办的歌仔戏剧校的历史。一九九五年台湾的廖文钦与福建省艺术学校漳州分校合办歌仔戏班。在历次两岸戏曲研讨会、两岸民间艺术节，与会的台湾嘉宾多次前往厦门艺术学校、漳州艺校参观，观摩教学和演出，交流授课心得和办学经验。台湾著名旦角廖琼枝和知名艺人许亚芬等还到学校讲课，示范表演。大陆的艺校也组织师生赴台，演出剧目，与台湾同行

交流传承理念和教学方法。二〇〇八年四月在两岸相关部门领导和专家学者的共同见证下，厦门艺术学校与台湾戏曲学院缔结为『姐妹院校』。（图四十六）一批大陆资深歌仔戏教师也陆续应邀赴台湾戏曲学院等机构做短期的教习。

研究人才的培养是两岸艺术教育交流的另一重要内容。一九九五年，大陆学者赴台参加在台湾大学举办的『海峡两岸歌仔戏学术研讨会』，对台湾学术界对民间艺术的关注与投入印象深刻。许多台湾高校的教授引领一大批博士、硕士，积极参与民间艺术的研究和保存工作，歌仔戏成为台湾高校学术研究的重要内容。随后，厦门大学

戏剧戏曲学专业亦与厦门市台湾艺术研究所合作，开设闽台地方戏剧方向，培养研究生。台湾曾永义等专家教授多次应邀到厦门大学讲学，受到师生的热烈欢迎。研究闽台民间艺术的源流变迁，探索未来发展之道，需要两岸的携手互助。在两岸学界的共同努力下，一批青年学子陆续前往彼岸，进行交流学习，开展田野调查，深入了解彼此的文化生态和民间艺术发展现状。

（图四十七）

歌仔戏是两岸共生共育的民族艺术之花。走过三十年，歌仔戏在两岸解冻后的交流中率先起航，一曲乡韵化开积郁多年的隔阂与愁苦，乡土的淳朴

与善良，勾连起两岸依依情缘。两岸的艺术交流，从最初的试探、了解，到互相借鉴成功经验，以交流促发展，开启了共同保护传承与发展的话题。这方面歌仔戏受惠良多。交流，带来了彼岸清新的海风，打开了彼此的眼界。三十年来，两岸歌仔戏的快速发展与丰富多彩的艺术面貌，显然离不开这些年来海峡两岸各界人士的共同关注和扶持，离不开两岸互相取长补短的艺术交流。如今，两岸歌仔戏界早已不再满足于你来我往的单一交流模式，在各方共同努力下，尝试合作共赢，逐步走出了一条交流与发展相结合的良性互动道路，也开始探索两岸民间艺术的审美对接和利益双赢。

二〇〇八年十二月两岸终于实现『大三通』，两岸关系迎来大交流、大合作和大发展的崭新局面。二〇〇九年『海峡两岸民间艺术节』开幕式上，由厦门市歌仔戏剧团和台湾唐美云歌仔戏剧团共同创作的大型剧目《蝴蝶之恋》上演，展示两岸民间艺术合作的新突破。（图四十八）这部酝酿于二〇〇六年『华人歌仔戏创作艺术节』，起步于二〇〇八年，由厦门市歌仔戏剧团与台湾唐美云歌仔戏剧团合作创作的大型歌仔戏剧目《蝴蝶之恋》，由两岸演员、制作群首度携手，从演员、音乐到剧本、舞美、导演，全面合作，被艺文界认为是『两岸歌仔戏艺文结合的里程

碑』。《蝴蝶之恋》摈弃概念化的宏大叙事，立足庶民视角，着眼普通民众的情感交融，在两地分隔的历史中展现一对歌仔戏艺人（台湾小生雨秋霖和厦门小旦云中青）对爱情的执著与坚守。（图四十九）『台上梁祝心相爱，台下生旦两相随。』戏中戏的穿插让这段两岸情缘增添了梦幻色彩。而『照花前后镜』，戏外闽台民众三十八年来骨肉分离的无数现实悲剧与剧情交相映照，中国人的分离与团圆，鲜活的生命和时代的沧桑，令人无限唏嘘。二〇〇九年《蝴蝶之恋》参加第十一届中国戏剧节展演评比，获优秀剧目奖和优秀音乐奖。二〇一〇年五月参加第九届

中国艺术节，荣获『文华大奖特别奖』和包括表演奖等多个单项。二〇一〇年七月二十三日至八月八日赴台北、高雄成功巡演，被媒体誉为『两岸戏曲合作破冰』，受到台湾各界的广泛赞赏。（图五十）

二〇一二年九月二十七日至十月十一日，在有关部门的支持下以及台湾各界朋友的大力协助下，厦门歌仔戏研习中心应台南文化协会邀请，在台南、高雄的庙口和社区开展『乡音之旅』巡回演出，共计演出十七场，观众上万人次，反响热烈。二〇一三年五月，厦门歌仔戏研习中心再度应邀赴台湾中南部，带去了《门当户对》、《半

把剪刀》等剧目，『乡音之旅』再次起航，为期半个多月，在台南、云林、屏东和高雄的许多庙口，一场场精彩的演出吸引了无数台湾乡亲。

第三章

悲情乡韵

歌仔戏的艺术特色，一言以蔽之，在于悲情与乡韵。

一 悲情歌哭：音乐、行当与表演

细听歌仔戏的曲调，总有些抑郁难掩的缠绵悲伤，幽幽怨怨地辗转在大广弦的琴弦颤动间。这种悲伤自怜的气质特征，不仅在于音乐，更渗透于歌仔戏的剧目内容和演员的表演之中。

歌仔戏名曰『歌仔』，音乐是剧种的灵魂所在。歌仔戏的音乐主要来自民谣、山歌、褒歌、小调等民间『歌仔』，说唱『歌仔』以及车鼓、采茶、驶牛阵等民间歌舞小戏的音乐，并受到了南北管音乐和乱弹、四平、白字仔、梨园戏、高甲戏、

布袋戏和京剧等戏曲音乐的影响，在发展过程中还吸收了部分流行歌曲。歌仔戏音乐分唱腔和伴奏音乐两部分。唱腔属曲牌连缀体，在连缀时可采用同宫同调、同宫异调、异宫同调、异宫异调。根据罗时芳、邱曙炎的整理，唱腔曲牌大体可分为【七字仔】、【杂碎仔】、【哭调】、【卖药仔】和【调仔】五大类。

【七字仔】，也称【七字调】，是歌仔戏音乐的主要唱腔曲牌，是歌仔戏早期最重要的曲调。以羽调式为主的羽徵双重调性，五十一小节七字四句正的基本模式。它保留了民歌淳朴的韵味，又能根据剧情变化和人物性格加以咏唱，在长期

的发展中形成了千变万化的各种变体，如【早期七字仔】、【七字仔正】、【七字仔反】、【大七字仔】、【七字仔中管】、【七字仔片】、【七字仔停板】等。可以用于咏叹抒情，也可用于叙事，特别是生行和旦行运用较多。

【杂碎仔】，也称【杂碎调】。在台湾，称作【都马调】。是歌仔戏音乐的主要唱腔曲牌，徵调式，它保留了说唱词曲紧密结合的特色，依字行腔，尤其适合长短句唱词。可大段的咏叹或叙述，运用很广。【杂碎仔】的格式有『七字正』、『十字仔』、『十一字仔』、『散板杂碎仔』和长短句。

【哭调】是歌仔戏的重要唱腔曲牌，产生于

日据时期，哭腔逼真，感染力很强。有许多不同类型的哭调。各种哭调曲牌常连缀运用。在『苦情戏』剧目中常大量使用哭调。常用的『五管哭』即【大哭】、【小哭】、【宜兰哭】、【江西哭】和【琼花哭】。

【卖药仔】角调式，时常用于说唱，可用于叙述、咏叹和谐趣的段落，尤其宜于长短的滚唱，叫【卖药滚】，用于哭腔称【卖药哭】，可以长唱段一直连唱。它的结尾拖韵别有特色。

至于【调仔】（即各种小调）则有几百个之多，来源多样。有来自民歌的【送哥调】、【思想起】、【乞食调】、【褒歌】、【草蜢调】等，从『歌仔』

演变来的【大调】、【倍思】；来自京剧的【火炭调】、【朱光祖】；来自南管戏的【牵君手上】、【相思灯】；来自高甲戏的【浆水】、【慢头】、【紧叠仔】等；以及来自流行歌曲的【夜来香】、【美哥哥】、【心酸酸】、【可怜青春】、【青春岭】等等。可见歌仔戏的包容性是很强的。这些小调五颜六色，各有自己的音乐色彩，可以用于各种不同的场景和情绪，起到了丰富和补充主要曲牌的作用。

台湾歌仔戏在光复后，随着时代潮流变迁，出现了很多『新调』，有引进流行歌曲如【望乡调】、【运河悲喜曲】、【夜雨打情梅】、【母子鸟】等，也有专门为歌仔戏编写的新创曲调，如【宝岛调】、

【中广调】、【日出东山】、【宋宫秘史】、【依依曲】、【送君曲】、【深宫怨】等，亦偏向流行歌曲风格。

伴奏音乐由【串仔】、【吹牌】、【锣鼓经】三部分组成。

串仔为丝弦乐曲。来自车鼓、采茶、京剧、高甲等剧种和民间器乐曲等。常用的有上百首，如【柳青娘】、【银纽丝】等。吹牌是唢呐曲牌。分大吹和小吹两类：大吹用两支大唢呐吹奏；小吹用小唢呐与丝弦乐合伴奏。锣鼓经称为『锣鼓介』，有三大部分：配合念白、身段和舞蹈的有【擂更鼓】、【相争介】等；配合唱腔的【七字调】、

【大调】等，一般用于入头、过门和唱腔中插介；配合吹牌的有【坠子】、【照枪】、【风雾松】等。

歌仔戏的乐队，基本编制是文场四人，武场四人。文乐的乐器有：壳子弦、六角弦、大广弦、笛子、洞箫和月琴，以及大吹、双清、鸭母笛、小唢呐、北三弦等。武乐的乐器有：板鼓、竖板、倒板、小锣、大锣、大钹，以及通鼓、小叫、响盏、双铃、钟锣、云锣、虎锣和小钹。

歌仔戏文场有所谓传统的『四大件』，一般是指壳仔弦、大广弦、台湾笛和月琴。

壳仔弦，也称椰胡，用椰子壳和梧桐板做琴筒，构造原理及材料、形状，大体如板胡，较短小。

琴筒面呈半桃形。音色较板胡柔和。多用为【七字调】和民歌小调的带腔音乐。传统的奏法只在原把位『上翻下滚』，不换把位。歌仔戏界俗称壳仔弦的乐手为『头手弦』，可见在乐队中的重要性。

大广弦，琴筒以剑麻或棕树的根茎为材料。面为梧桐板。杆长八十六厘米。轴呈葫芦状，如一般胡琴，音色深厚柔美。左手指法特殊：用指头的第二关节按弦，内弦用食指和中指按弦，小指将外弦向内推，同时用无名指连续打弦，使发出连珠似的颤音，很有剧种特色。（图五十一）

台湾笛，与梆笛相似。音孔等距，吹奏半音时，

须用气息控制。

月琴，构造如普通月琴，但杆稍长，四相七品。是中音乐器。用拨弹奏。音色清亮铿锵。为哭腔伴奏时，可按哭腔旋律滑奏，使音乐更加形象感人。

歌仔戏音乐讲究配器。如【七字调】、【七字反】和民歌小调及部分场景音乐用四大件；【哭调】和【台湾杂念调】主要用大广弦、月琴和洞箫等；【杂碎调】用六角弦、三弦、洞箫等伴奏。

不过根据台湾学者林鹤宜的观察，目前在台湾野台演出的歌仔戏，乐器已经明显『国乐化』了，文场使用的常常是：椰胡、大广弦、京胡、南胡和唢呐，武场则有扣仔板、梆子、通鼓、单皮鼓、

大锣、小锣、钞等。而在『胡撇仔戏』的演出中，武场加入了爵士鼓，文场加入了电子琴、电吉他或萨克斯风等。在较正式的演出中，文场乐器除了常用的椰胡、大广弦、月琴、三弦、笛、箫之外，还有的使用了大提琴、古筝等，武场乐器则包括通鼓、北鼓、大锣、小锣、大钹、小钹、双铃、木鱼和板拍等。

在歌仔戏众多曲调中，最具特色的莫过于【哭调】了。【哭调】善于表现各种悲苦的情绪。善于揣摩哭声、抽泣声，运用各种装饰音，如前倚音、后倚音等，制造出悲恸的嗓音效果。【哭调】节奏缓慢，音调依随情绪的变化而有自由的舒展

表现，加上伴奏乐器大广弦清徵的颤音穿插，鸭母笛悲怆的音色渲染，以及月琴滑音的冲击效果，特别扣人心弦、感人肺腑。被归入【哭调】的曲子很多，如【大哭】、【小哭】、【琼花哭】、【九字哭】、【改良小哭】等等。很多【哭调】被冠以台湾的地名，如【台南哭】、【彰化哭】、【宜兰哭】、【艋舺哭】等，可见【哭调】当时在各地之流行与发展变体。各种【哭调】曲牌经常连缀运用，以组曲形式呈现，如《英台哭墓》一折中使用了【大哭】、【小哭】、【宜兰哭】、【卖药仔哭】和【七字仔哭】。《英台哭墓》有多种版本，如邱万来藏本《山伯英台》中的《哭墓》连用了

『十二拜』俱用【哭调】：『一拜梁哥问招遭，二拜梁哥同其孝，三拜路中同结拜，四拜一命为我丢，五拜梁哥登孝义，六拜同校有三年，七拜效忠痛疼我，八拜相思为我亡，九拜梁哥泪哀哀，十拜梁哥是我害，十一拜梁哥病未好，十二拜梁哥未还来。』在演出中还有『二十四拜』等。大段缠绵哀怨的曲子，将满腹委屈与悲伤淋漓尽致地宣泄出来。【哭调】是闽台民众特有的苦歌形式，庶民百姓借此宣泄生命中的悲痛。

与【哭调】相应的是歌仔戏中一系列悲苦的女性形象，如《詹典嫂告御状》中的詹典嫂，《孟姜女》中的孟姜女，《雪梅教子》中的雪梅等等。

由此也形成了歌仔戏十分有特色的行当『苦旦』。所谓『苦旦』类似于京剧的青衣，是悲苦的女性角色。歌仔戏演员在舞台上塑造这些苦命女人们的重要手段：一是唱【哭调】，二是身段表演。

除了上述的【哭调】曲牌，歌仔戏的主要曲调如【七字调】、【卖药仔】，在苦旦的演唱中，也可依据剧情，加入哭腔，变成【七字哭】、【卖药哭】等等。如《孟姜女》中为表现孟姜女千里寻夫的悲苦，就运用了【七字哭】：『风筝断线（啊）全无望，水中捞月（啊）一场空。可怜我姜女为寻夫（啊）历尽艰险（啊），谁料想杞郎夫（啊）你命归黄泉。』另一首【七字哭】：『天旋地转（啊）

倚不定（啊），呆对长城（啊）叫夫的名杞郎（啊）。

枉费姜女为找夫（啊）历尽艰险（啊），千里送衣（啊）到长城。哭一声杞郎夫（啊）你死得好冤枉（啊），叫一声苍天骂一声秦皇啊，你无端造城（啊）万民丧，你可知多少姜女（啊）长城哭。夫郎（啊），恨不能将这长城推倒（啊）寻夫尸，搬夫的骨骸回故里，引夫的亡魂离城池（依）。

千声叫苍天，万声唤大地，呼神明、唤日月，你要帮我寻夫尸。我哭干血泪有谁理，可叹姜女一片心痴。霎时风起雨至，狂风大作天崩地又塌（啊）。

姜女（啊）姜女你哭倒长城（啊）数百里。城墙崩倒响如雷，城脚骨骸千万堆。我咬破指头点尸骨，

一骨一滴（依）泪垂（啊）。若是我夫粘我的血，不是我夫血流开。鲜血粘骨（依）我心碎（依啊），解开汗巾哪包骨堆（啊）。』这首曲子采用了【七字仔连】、【七字仔清板】、【七字仔散板】等手法来创腔。一句一叹，呼天抢地，涕泪同下。据说是当年歌仔戏演员月中娥创造出来的唱法。板眼灵活，叠字自然。以情作腔，一个调到底，随着剧中人物的悲、怨、痛、愤、恨的感情变化做腔，发自肺腑，感人至深。

苦旦塑造人物形象，除了富有感染力的哭腔之外，许多身段表演也为之增色不少，比如《詹典嫂告御状》中，表现林爱姑不畏强暴，拦轿喊冤，

痛斥贪官污吏的表演，运用了『抢背』、『跪步』、『扑虎』、『乌龙绞柱』、『咬发』、『吊眼』、『憋脸』等程式表演，以激烈的动作性，展现爱姑的百折不挠与悲苦命运。又如歌仔戏的传统剧目《月里寻夫》，叙述了明代安溪茶工周成贩茶东渡台湾，在台湾与另一女子成婚。家乡的周妻月里不堪离别之苦，冒死渡海寻夫。歌仔戏演员在唱腔上运用大段的【七字哭】、【大调】、抒发情感的【杂碎调】散板、摇板等来表现苦旦月里满腹的冤屈与感伤。其中有一段月里梦见丈夫的段落，苦旦演员结合水袖的表演和大段的唱段，淋漓尽致地表现出弱女子的凄惨遭遇和善良朴实。

在很多戏剧情境中，歌仔戏都很擅长营造这种幽怨满腹、抑郁不平的情绪。如闽南著名歌仔戏艺师纪招治唱的《新雪梅·断机教子》中有『记得花园听琴时』的唱段，这是表现回忆的一个场景，使用的是【面包调】，但同样流露出悲伤的情绪：『记得花园听琴时，想到花亭读书诗，阴阳阻隔难相见，更深对月哭声悲，长眠树虫哭不静，眼泪流落枕头边，满腹怨恨难诉起，此恨绵绵无尽期。』在歌仔戏的很多唱词当中，常可见到『啼啼哭哭』、『眼泪流落』、『闷』、『愁』、『怨』这样的字眼，凄楚悲切的气息让歌仔戏散发着感性的色彩，长歌当哭，动人总是伤心曲。

【哭调】的流行有其特定的社会历史文化背景，日本殖民压迫引发了台湾民众积郁心头的悲苦。同时也与女性观众的大量参与有关。对于闽台的女性观众来说，地方演剧活动不仅是日常繁重的劳作之余的重要休闲娱乐活动，向神明和祖先们奉献祭礼的重要时机，而且在保守传统、礼教规约严厉的闽台社会，也只有『假作真时真亦假』的戏剧舞台，可以让她们一窥天地之广阔、人生之多彩，在才子佳人的甜蜜缠绵中暂时忘却现实的不如意，在观剧中实现虚幻的满足，或是在感同身受的悲苦中，释放久久压抑的情感。在观剧过程中，她们常常投入太多的情感，甚至会

暂时忘记舞台与现实的区隔，全身心投注进去，与台上的演员产生强烈共鸣甚至互动。歌仔戏演员叶桂莲访谈中提及：她十二岁开始学戏，每次她演出『苦戏』，一唱就掉眼泪。二十岁到惠安『阿三班』演出时，『当时苦旦会掉眼泪，群众就叫好，所以得到当地群众好评。』老艺师纪招治也多次说起演苦旦戏、演唱【哭调】时，常常台上台下哭成一片。（图五十二）

歌仔戏的行当，最初只有小生、小旦和小丑，演出的多是调笑逗乐的小出。俗谚有『前台不离生旦丑，后台不离尺六工』。后来歌仔戏逐渐吸收其他大剧种如四平戏、汉剧、乱弹、梨园戏、

京剧、闽剧、高甲戏等剧种的表演，逐渐生旦净丑各行当齐全。

按照《中国戏曲志·福建卷》的说法，大致有如下行当：

旦行：（一）苦旦（青衣）（二）闺门旦（三）花旦（四）女间旦（五）贴旦（六）彩旦（通常就是女丑）（七）正旦（八）老旦。

生行：（一）文小生分苦生和笑生（二）武生（三）老生（四）武老生（五）贴生（也叫三脚生）。

丑行：（一）长甲丑（指长衫丑之类）（二）短甲丑（指破衫丑和穿短褂、围短裙之类）。

净行：（一）大花（二）文武二花（三）武二花（四）杂脚仔。

在台湾地区，还有『八大柱』角色的分类说法，指：小生、副生、苦旦、副旦、大花、老婆（老旦）、三花、彩旦等。

在『本地歌仔戏』时期，歌仔戏是由男性演员扮演的，后来才逐渐出现女性演员，在二、三十年代女性演员风靡一时，甚至一度歌仔戏的角色都是女演员扮演的。如三十年代活跃于厦门的子都美、冲霄凤、赛月金、锦上花、月中娥等女艺人都是歌仔戏舞台上名噪一时的人物。后来出现了男女合演的状况。不过，在当代台湾出现了很

多著名的坤生，从杨丽花、叶青、黄香莲，到孙翠凤、唐美云、许亚芬、郭春美等，无不妆扮俊美，舞台上英姿矫健，各自拥有众多狂热的戏迷。

歌仔戏吸收了外来剧种的表演艺术，创造、发展出完整的表演身段，俗称『脚步手路』。还有如指法『小旦到目眉，小生到肚脐』；眼功有『指出手中，眼随指有』，『眼出情，指出神』等要领。《中国戏曲志·福建卷》中认为歌仔戏的基本功侧重于指法、步法、水袖、扇功和伞功等方面的训练。

根据谢月池等老艺人的回忆，她少时在歌仔戏班，每日需早起练功。记得当时师傅教有四句话：『清早起来先念歌，念好歌来把脚靠，起顶倒腰又折腿，

以后再把麒麟抛。』这是每天的常规训练，然后接着就是练习步法、趟马、跳台、四角枪和『三十二刀』等。

台湾方面曾以民族艺师廖琼枝女士的表演为蓝本，记录整理了一整套的《歌仔戏身段教材》，分为『基础』和『身段』两个部分，主要侧重于生、旦的表演身段。其中『基础』部分列举了如下动作：

步法：踢跤、换跤、半屈跤、屈跤、夯跤、小曲跤、研步、促步、蹒步、大跳、蹉步、跪步、踮步、跑蹉步、错步等。

手法：观音指、姜芽指、含蕊指、暴笋指、并排内转轮、上下内转轮、并排外转轮、上下外

转轮、轮手花、反转夯垣、反转插腰、凌波手、平排手、拱手、观音指合、观音指分、运环。

水袖：单手落袖、双手落袖、收袖、落袖接收、内翻袖、外翻袖、转袖夯垣、转袖园后腰、拨袖、平面掠袖、横向掠袖、弄袖、飘袖、旌袖、披袖、反披袖。

身段部分结合各个基础动作，配合眼神组成『空手姿势』、『袖尾姿势』、『做工』等身段。

除此之外，在丑旦戏中，由于受到早期车鼓戏的影响，身段表演较为轻快活泼，如丑角的『阉鸡行』（半蹲行进），演员出场的『踏四角』等。

丑行在舞台上享有更多创造性的空间，口白的幽

默风趣，即兴抓哏的妙趣横生，夸张诙谐的动作表演，都很受观众欢迎。歌仔戏的丑角演员如姚九婴、洪镇平和陈胜在等，都有许多民众喜闻乐见的精彩表演。

演员在身段表演之外，还经常运用一些小道具来增强表演效果，如扇子、伞和拂尘等。比如基本的扇功就有持扇、捧扇、点扇、转扇、托腮扇、瞅视扇、遮羞扇、反夹扇、腰扇、背扇、扑蝶扇、卧鱼扇和打风扇等。

二 淳朴乡韵：语言、题材与习俗

淳朴清新的歌仔戏，宛如流荡于田野山岚的自由自在的风。

歌仔戏的源头是来自田间地头的乡谣俗曲。因此，歌仔戏的唱词多通俗易懂，往往不重文采，不作雕饰，自然亲切，散发着浓郁的泥土气息。且好用比兴、俗语和谚语。曲调也朗朗上口。如邵江海的《安安认母》，故事讲述婆媳不和，婆婆威逼儿子休掉妻子庞三春。庞三春上吊自杀，幸亏遇见尼姑庵的师太来搭救，收留在庵堂内。师太多次劝说庞落发为尼，但是她总是难舍弃九岁的孩儿安安。安安因思念母亲，到庵堂认母。剧中以淳朴的唱词，将母亲对儿子的牵挂疼爱刻画得细致入微。如庞三春在庵堂内唱道：『烈火烧山有时尽，大石沉江愈沉愈深；怕听近邻小儿

哭，轻便未敢出庵门。』安安描绘母亲不在家的种种情形，仿佛日常话语，却也令人动容。『咱家差母你一人，前厅静，后房空，回家入房找无母，听不见阿母叫安安。无母叫儿换衫裤，茶烫无母帮儿捧；要去入学无处找母讲，要上眠床无母为儿帮。看人母子相伴搅，安安眼眶现返红；行路想阿母，险险跌落潭；睡眠梦见母，喊声惊醒人；吃饭想着母，眼泪拌粥汤，书方簿好似雨水淋。』

近年来新创作的优秀剧目在继承传统的基础上，又有所发展。如曾学文编剧的《邵江海》、《蝴蝶之恋》等，灵活运用民间谚语，富于乡土韵味，朴实含蓄的比兴手法与富于文采的抒情段落相映

成趣，风格清新。

歌仔戏剧目中有大量家庭题材，质朴的歌仔戏善于彰显伦理亲情之美，不求高官厚禄，不羡大富大贵，在闽台传统的乡土社会，在迁徙漂泊的岁月里，在风雨如晦的时代，唯有家庭的温暖和守望互助的情谊最值得珍惜。这种急公好义、相互扶携，在许多歌仔戏剧目中有着精彩的演绎和感人至深的情感表达。正如《三家福》中所传唱的：『穷帮穷来邻帮邻，千金难买好邻居。三家从此像自己，欢欢喜喜过日子，相助相靠紧相依。』当代闽南剧作家汤印昌编写的《保婴记》中，守寡的尹三娘和左邻右舍一帮子古道热肠的婆婆

妈妈们，为了一个素昧平生的婴儿的生命而冒险奔波。简单真纯、善良温暖是这部戏的主调，作者以饱含真情的笔触，执著地构筑传统民间道德防线，传递朴素善良的人间真情。在这个没有恶人的故事中，源自闽南土地的真情与人性之美不断感染着观众。强烈的母爱是生命的支撑，一切的问题困难，在爱的感召下全然迎刃而解。这种『老吾老以及人之老，幼吾幼以及人之幼』的大爱情怀，这样普遍的对生命的尊重和关怀，使闽南社会弥散着浓浓的亲情与温暖，也让乡土的歌仔戏闪耀着动人的光彩。（图五十三）

歌仔戏以歌传情，善于表现家庭伦理。甚至连

通行于各个剧种的历史故事、宫廷争斗，到了歌仔戏这里，表现的重点似乎也产生了某种偏差，不在乎复杂离奇的情节，而是更倾向于情感表达。近年的创作中似乎也强化了这种价值取向。家国大事到了歌仔戏这里，变成了家庭伦理的哀怨情仇。如二〇〇六年唐美云歌仔戏剧团演出的《金水桥畔》将宫廷斗争和审案的传奇，变成了在权力与亲情之间如何处理李妃与宋仁宗赵祯的母子关系的问题。为此，将连台本戏压缩成一个晚上九场的演出。新增了包拯与八贤王以花灯劝诱宋仁宗赵祯认母，和李妃看透宫廷本质并回归民间的情节。

传统的歌仔戏淳朴俚俗，这个年轻的剧种似

乎较少受到太多封建礼教的规训，保留了更多质朴活泼的民间性格。在自由活泼的歌舞戏弄间，不时可见对日常生活的善意戏谑。如邵江海编剧的《李妙惠》中塑造了一个可笑又憨直的丑角人物谢启。以致后来人们更经常提及的剧名是《谢启娶妻》。（图五十四）在漳州民间因为这个戏还流传了一句俗语叫『娶妻做大舅』。这个四十多岁的广东盐商，家财万贯，盐郊开了十三坎，可是却没有娶妻的运命，从少时开始，娶妻十二次，却没有一个能成，还没成亲就都夭折了，『娶某神主排桌顶』（娶妻结果满桌子上都是神主牌）。他喜欢上守寡的李妙惠，托媒人去提亲，后来见

她誓死不从，就答应做兄妹，可见虽有缺点但本性善良，阴差阳错备受命运捉弄。唱词也很直白通俗，如谢启的唱词：『灯火无油捷捷挑，脚尾无某（妻子）困不烧（热），人人尪某通相惜，谢启无某想不着。厦门对面鼓浪屿，番船过海半沉浮，美人生美在恁厝，阿兄无挂护身符。』歌仔戏善于寻找日常生活的趣味和幽默。又如《杂菜汤》中，教书先生讽刺吝啬的头家娘，平日供应的饭菜只有汤水，一段唱词，在列举各种汤之后，加上了一句：『头家娘，你爻（善于）打算，倒水嫌太远，将我先生的肚皮做泔桶。』

在台湾，由于多元文化观念并存以及胡撇子

戏的传统，歌仔戏的表现更为自由、多样。尤其是外台的许多演员善于『做活戏』（即演幕表戏），在故事框架之外有很多自由发挥的空间，也更加注重日常生活素材的运用，语言更为通俗、生活化。

载歌载舞、富于生活气息，是歌仔戏表演的重要特征，在歌仔戏的许多剧目中，常常有闽南民俗的展示和舞蹈化的身段表演。在唱腔和口白部分，歌仔戏重视方言的乡土韵味，通俗易懂，生活气息浓郁，饶有趣味。比如歌仔戏的《山伯英台》与其他地区流传版本有所不同，尤其在刻画小人物方面颇为独到，很有生活气息和地方特色。比如常被提及的《十二碗菜》。表演丫鬟仁

心和书童安童同情山伯和英台，在英台设宴招待山伯前，精心准备菜肴款待贵客。这段活泼欢乐的段子，将闽南人盛宴的气息传递出来，很有生活趣味。歌仔戏艺人收藏的手抄本有《童被打不敢》，其中唱道：『仁心姐，煮菜真爻变（有本事），鸡若杀好焄（慢火煮）冬粉，鸭若杀好通炒笋，二三锅平平（一起）滚，匆仔参落大葱粉。安童哥，闻着就够本，一碗郑郑郑（满满满），鳝鱼螺肉参大面，一碗乌乌乌，赤肉焄香菇，食着有主固。醋肉参乌醋。仁心姐呀，肴排比（会安排），大肠灌术米。安童哥食一嘴，唁甲（吞咽）半小死，店在灶边托嘴齿（在灶台边剔牙），一碗流流流，

鸭肉配菜头，一碗清香味，鸭肉参姜丝，……青虾炒青葱，……一碗风猪脚，气味笼无差，一碗烧烧烧，鸭肠仔，我来参胡椒，十五六用一盘，一碗粉虾参猪肝，米粉炒……。』在不同版本中，关于『十二碗菜』出现了很多闽台的菜肴，如螃蟹、正燕、鲍鱼鸡、刺参、五柳鱼、大鱼刺、猪肚炖莲子等等。其中也可一窥闽台的饮食文化。据说三十年代被厦门观众誉为歌仔戏『四大柱』之一的味如珍最擅长的折子戏就是《十二碗菜》，她饰演仁心，表演时活泼诙谐，十分好看。

歌仔戏班常年活跃于乡野庙会，与普通乡土民众联系紧密，并且融入到民俗生活之中。比如

在庙会演出，歌仔戏在大戏演出前，常有『三出头』的仪式戏。所谓『三出头』通常是指『排三仙』（也有的是『王母祝寿』或『贺寿』）、『跳加官』和『送子』。这三个仪式戏都是祈福酬神答愿的节目。过去石码、过溪、浒茂州、灌口、红塘埔等地演『三出头』甚至每天可以多至三百多次。庙方或团体可以出资扮仙，为所有信徒酬神祈福。信徒为个人还愿、祈福，也可要求剧团为其扮仙。（图五十五）在这些仪式性的表演中，经常会出现演员与民众的互动，如递红包给表演者，或是亲手接过红孩儿道具，在神明前礼拜，再将其送回戏台等。乡间演戏活动充满欢乐祥和的气氛，

有助于和谐的人际关系和社会关系的建立。甚至闽南有的村社以罚戏作为违规之惩罚。如有发现乡人偷菜者，任何人都可以揭发，罚其出钱请一台戏来演。一来大家有戏可看，二来又免伤和气。看似嬉闹喧哗的演戏活动，也隐含着闽台民间社会的俗民智慧。

悲情歌仔，总有些无可奈何花落去的惆怅与痛楚的伤感。当然，对于歌仔戏这个剧种来说，确有太多的悲苦需要倾诉：数百年来九死一生从福建闽南渡海移民台湾之险，在宝岛台湾筚路蓝缕的开发劳作之苦，久别亲人故土的思乡之苦，日本殖民五十年的奴役之悲，以及兄弟之争酿就

三十八年咫尺天涯的海峡之殇。南风之薰兮，可以解吾民之愠兮。迎着海风，歌仔戏悲凉的调子，倾诉两岸民众的一腔深情。

歌仔戏尽管悲苦柔弱，但根底里有些倔强不屈，或曰草根的韧性。这种坚韧根源于闽台乡土社会的淳朴与真情。歌仔戏的乡土气息，源自车鼓阵的俚俗踏谣，民间社会的善意戏谑；来自日常生活的细腻观察；来自朴实生动的唱词口白；来自传统乡土社会的守望互助，对亲情伦理的重视；来自与民众生活的息息相通。乡音乡韵总关情，来自闽台民间社会的善良与温暖，永远是歌仔戏最动人的底色。

参考书目

黄石钧、陈志亮：《芗剧音乐》，龙溪地区行政公署文化局，一九八〇年。

连横：《台湾通史》，商务印书馆，一九八三年重印。

曾永义：《台湾歌仔戏的发展与变迁》，台湾联经出版事业公司，一九八八年。

陈健铭：《野台锣鼓》，稻乡出版社，一九八九年。

黄玲玉：《从闽南车鼓之田野调查试探台湾车鼓音乐之源流》，社团法人中国民族音乐学会，一九九一年。

邱坤良：《日治时期台湾戏剧之研究—旧剧

与新剧（一八九五—一九四五）》，自立晚报出版社，一九九二年。

陈彬、陈松民编：《芗剧传统曲调选》，人民音乐出版社，一九八六年。

福建戏曲研究所编：《福建戏史录》，福建人民出版社，一九八三年。

沈清标主编：《闽南戏剧》，中国戏剧杂志社，一九八九年。

福建省艺术研究所、厦门市台湾艺术研究室编：《闽台民间艺术散论》，鹭江出版社，一九九一年。

福建省厦门市文化局编：《厦门市创作剧目

选》，鹭江出版社，一九九三年。

柯子铭主编：《中国戏曲志·福建卷》，文化艺术出版社，一九九三年。

陈雷、刘湘如、林瑞武：《福建地方戏剧》，福建人民出版社，一九九七年。

厦门市台湾艺术研究所编：『歌仔戏艺术研究』丛书，光明日报出版社，一九九七年。

吴凤章主编：《中国戏曲音乐集成·福建卷》，中国ISBN中心，一九九八年。

吴凤章主编：《新时期福建戏剧文学大系》，中国戏剧出版社，一九九九年。

黄亚惠主编：《漳州市文化艺术志》，漳州

市文化局出版（内刊），一九九九年。

福建省厦门市文化局编：《厦门市创作剧目选（二）》，内部书刊，二〇〇〇年。

陈耕：《闽台民间戏曲的传承与变迁》，福建人民出版社，二〇〇三年。

于建生主编：《漳州曲艺集成》，漳州市文化与出版局，二〇〇三年。

庄火明编：《漳州戏剧研究》，中国戏剧出版社，二〇〇五年。

王评章：《永远的戏剧性—新时期戏剧论集》，中国戏剧出版社，二〇〇五年。

厦门市台湾艺术研究所编：《邵江海歌仔戏剧

本精选》（上下），中国戏剧出版社，二〇〇六年。
厦门市台湾艺术研究所编：《杨鹭滨剧作选》，中国戏剧出版社，二〇〇六年。
海峡两岸歌仔戏艺术节组委会编：《歌仔戏的生存与发展》，厦门大学出版社，二〇〇六年。
吕诉上：《台湾电影戏剧史》，一九六一年版，台湾东方书局，一九七〇年重版。
张弦文：《歌仔戏的音乐研究》，百科文化事业股份有限公司，一九八二年。
许常惠：《台湾福佬系民歌》，百科文化事业股份有限公司，一九八二年。
『台湾文建会』编：《海峡两岸歌仔戏学术

研讨会论文集》，一九九六年。
『台湾文建会』编：《海峡两岸歌仔戏创作研讨会》，一九九七年。
曾永义：《台湾传统戏曲》，东华出版社，一九九七年。
邱坤良：《台湾剧场与文化变迁—历史记忆与民众观点》，台原出版社，一九九七年。
陈进传：《宜兰本地歌仔—陈旺枞生命纪实》，传统艺术中心筹备处，二〇〇〇年。
杨馥菱：《台湾歌仔戏史》，晨星出版社，二〇〇二年。
邱坤良：《吕诉上》（台湾戏剧馆—资深戏

剧家丛书），台北艺术大学，二〇〇三年。
杨馥菱：《台闽歌仔戏之比较研究》，学海出版社，二〇〇一年。
林鹤宜：《台湾戏剧史》，空中大学出版社，二〇〇三年。
林鹤宜：《台湾歌仔戏》，联经出版社，二〇〇一年。
林鹤宜、蔡欣欣编：《光影·历史·人物歌仔戏老照片》，台湾传统艺术中心，二〇〇四年。
《百年歌仔——二〇〇一年海峡两岸歌仔戏发展研讨会论文集》，台湾传统艺术中心，二〇〇三年。

陈芳主编：《台湾传统戏曲》，学生书局，二〇〇四年。
蔡欣欣：《台湾歌仔戏史论与演出评述》，里仁书局，二〇〇五年。
林茂贤：《歌仔戏表演型态研究》，前卫出版社，二〇〇六年。
林鹤宜：《从田野出发—历史视角下的台湾戏曲》，稻乡出版社，二〇〇七年。
陈耕：《台湾文化概述》，海峡文艺出版社，一九九三年。
汤锦台：《闽南人的海上世纪》，果实出版社，二〇〇五年。

梁薇编：《纪招治歌仔戏唱腔选》，中国戏剧出版社，二〇〇七年。
陈世雄、曾永义主编：《闽南戏剧》，福建人民出版社，二〇〇八年。
曾学文：《跨两岸—歌仔戏的历史、文化与审美》，中国戏剧出版社，二〇〇八年。
曾郁珺：《城市·蜕变·歌仔戏—台北市歌仔戏发展史》，台北市文化局，二〇一二年。